Karols unendliche Reise

Anne Höver ist Diplompsychologin und Mitglied im Dritten Orden der Franziskaner (OFS). Sie schreibt christlich-jüdisch inspiriert und hat Hinduismus, Buddhismus und Tibetologie studiert.

© 2016 Anne Höver
Herstellung und Verlag:
BoD - Books on Demand, Norderstedt
ISBN 978-3-7392-3154-9

Anne Höver

Karols
unendliche Reise
oder
Das kosmische Konzert

Diese Erzählung ist dem verstorbenen Papst Johannes Paul II gewidmet.

In einer kleinen Stadt, an einem kleinen Fluss, stand nahe der Kirche ein altes weißes Haus. Die Winter waren kalt in der kleinen Stadt und die Sommer heiß. Im Herbst hingen dichte Nebelschwaden über dem Fluss, dann wurden die wenigen Boote, die sommers auf dem kleinen Fluss fuhren, winterfest gemacht. Es war die Zeit nach dem großen Krieg, eine harte Zeit, und Arbeit gab es kaum in der kleinen Stadt; die Menschen lebten bescheiden von ihrem Handwerk und von ihrer Arbeit in einem kleinen Steinbruch nahe der Stadt.

Es war harte Arbeit für das tägliche Brot, aber die Menschen gaben die Hoffnung nicht auf, und so versammelten sie sich jeden Sonntag in der kleinen Kirche, um miteinander zu feiern und zu beten. Das gab ihnen Hoffnung und hielt die Zuversicht aufrecht.

In dem kleinen alten Haus, nahe der Kirche, wohnte ein junger Mann, Karol, der verdiente sein tägliches Brot durch seine fleißige Arbeit im nahen Steinbruch. Karol ging wie die meisten Leute der kleinen Stadt jeden Sonntag in die Kirche.

Weil er sich auch bemühte, an den Festtagen kleinere Aufgaben in der Jugendgruppe und für die Gemeinde zu übernehmen, war er bei allen sehr beliebt.

Karol klagte nicht über seine harte Arbeit, doch am Sonntag, wenn er freie Zeit hatte, grübelte er oft und saß den ganzen Nachmittag auf seinem Sofa. Er dachte nach, was er an seinem Leben verbessern könnte, und er überlegte immer wieder, welche brauchbaren Möglichkeiten er hatte.

An einem sommerlichen Sonntagnachmittag, nachdem er wieder einmal ausgiebig gegrübelt hatte, stieg er auf den Speicher seines Hauses und begann, in seinen alten Koffern zu suchen. Er zog einen uralten Lederkoffer unter einem verstaubten Verschlag hervor und öffnete ihn neugierig.

Als erstes fiel ihm ein altes Teleskop in die Hände, dem folgte ein altes Mikroskop, des Weiteren waren ein großer Bär und ein kleiner Bär in dem Koffer und ganz unten zog er noch einen Hasen heraus, an dessen Namen er sich aus Kindertagen noch erinnern konnte, es war sein Stoffhase Jonathan. Am Boden des Koffers fand Karol eine Sternenkarte, in der eben das Sternbild des Teleskops sowie das Sternbild des Mikroskops, als auch die bekannten Sternbilder des großen und des kleinen Bären, sowie das des Hasen verzeichnet waren. Er schaute sich die Sternenkonstellationen genauer an und hatte auf einmal eine Idee. Wie wäre es wenn der große und der kleine Bär gemeinsam mit dem Hasen Jonathan durch das Teleskop schauten und auch durch das Mikroskop und über das Gesehene berichteten, zum Beispiel Geschichten aus der Sternenwelt – das wären dann die Berichte dessen, was die drei Tiere durch das Teleskop sähen, und Berichte aus der Mikrowelt, das wäre, was die drei

Tiere aus der Beobachtung durch das Mikroskop sähen.

Wäre das nicht eine herrliche Unterhaltung für das nächste Fest in der kleinen Pfarrei?

An diesem Tag wurde die Idee zu den Sternenmärchen geboren. Karol schleppte den alten Lederkoffer, mit dem herrlichen Innenleben, aus dem Speicher in seine Wohnung in den ersten Stock des alten Hauses.

In seinem Wohnzimmer angekommen, schlüpfte er in die handschuhweichen Bären mit seiner Hand und fand, es seien vorzügliche Handpuppen zum Theaterspielen, auch der Hase Jonathan eignete sich als Handpuppe.

In dieser Nacht ereignete sich, als Karol in seinem Bett lag, das erste Wunder: Durch das Fenster sah er den nächtlichen Sternenhimmel und auf einmal bewegte sich auf ihn zu das Sternbild des großen und des kleinen Bären, ja die beiden Bären kamen direkt auf ihn zu und nickten mit ihren Sternengesichtern Karol zu. Es folgte noch das Sternbild Hase.

Der Hase kam gehoppelt, verneigte sich artig vor Karol und gesellte sich zu den beiden Bären.

Karol war in dieser Nacht so aufgeregt, dass er kein Auge zu tat. Die ganze Nacht blieb er wach und schrieb sein Wunder auf, das er erlebt hatte.

Am nächsten Tag war Montag, es ging nun trotz Müdigkeit wieder in den Steinbruch zur Arbeit. Am Abend aber besuchte er den Pfarrer des Ortes und bot sich an, mit seinen drei Handpuppen, dem Teleskop und dem Mikroskop ein Theaterstück für das Pfarrfest zu schreiben und es auch noch selbst aufzuführen. Von dem Sternenwunder, das er in der vergangenen Nacht erlebt hatte, schwieg er allerdings, er behielt das Zeichen, das er erlebt hatte, ganz still für sich.

Der Pfarrer war begeistert, für das Sommerfest der Gemeinde ein

Theaterstück mit Handpuppen angeboten zu bekommen, und Karol bekam eine Zusage, er war engagiert.

Es dauerte gar nicht lange, und das Sommerfest war da.

An dem lang ersehnten Festabend saßen die Kinder und die Erwachsenen auf Bänken im Pfarrgarten Zwischen den Bäumen waren am Abend viele Lampions aufgehängt.

Da geschah es, als Karol sein Märchenstück mit dem großen und dem kleinen Bären, dem Mikroskop und dem Teleskop aufführte, also mitten im Stück, dass sich das Wunder wiederholte, vor aller Augen kamen das Sternbild Großer Bär und Kleiner Bär und das Sternbild Hase über die Festwiese herab und die Sterne waren so nahe, dass sie wie große Sonnen leuchteten. Das Publikum kam aus dem Staunen nicht mehr heraus.

Am nächsten Tag war die Zeitung der kleinen Stadt voller Wunderberichte und Karol wurde binnen weniger Tage im ganzen Land berühmt.

Ja es ging noch weiter, ein Filmemacher vom Fernsehen kam.

Und als sich das Wunder noch ein paarmal wiederholte, bekam der früher so bescheiden lebende Karol seine eigene Show mit Handpuppen und Sternenmirakel im Fernsehen.

Des nicht genug, die Medien wurden international aufmerksam auf den von Wundern begleiteten Karol, so dass er schließlich ein Angebot aus der Filmmetropole Hollywood bekam.

Der mittlerweile so erfolgreiche Karol reiste nun mit einem großen Flugzeug nach Hollywood. Er übernachtete in einem feinen Hotel, und genau in diesem Hotel lernte er beim Frühstück Hazel Weinberg kennen.

Hazel war eine mittelgroße schlanke Frau, Mitte Zwanzig, mit langen braunen Haaren und haselnussbraunen Augen.

Hazel mochte Karol sofort gern und er gefiel ihr gut. Also sprach sie ihn an: „Sind sie der berühmte Karol mit den Sternenwundern und der Märchenpuppenshow" fragte sie interessiert.

„Oh, woher kennen sie mich" antwortete Karol erstaunt, da er nicht damit gerechnet hatte, bereits im Hotel bekannt zu sein. „Ja, ich habe schon viel von ihnen gehört und gelesen", sagte Hazel. „Darf ich mich ihnen vorstellen, mein Name ist Hazel Weinberg, ich bin Zirkusartistin."

„Also das gefällt mir", sagte Karol „ wo ist denn ihr Zirkus?"

Hazel lächelte verschmitzt: „Ich habe ihn hier in meinem ersten Koffer, und im zweiten Koffer ist mein Zirkusorchester. Ich meine damit, dass sich die Instrumente von allein aufstellen und sich auch selber spielen. In meinem dritten Koffer sind die sich selbst malenden Bilder, bei jeder Vorstellung malen die Pinsel jedes Mal von selbst andere Bilder. Und hier im nächsten Koffer sind die goldenen Athleten und die Clowns. Sie springen alle heraus wenn ich den Koffer öffne. Bitte, wenn sie anfassen möchten, bitte vorsichtig und nicht fallen lassen."

„Mein Zirkuszelt ist so groß wie ganz Hollywood, aber es passt zusammengefaltet in diesen kleinen Koffer, sie werden es morgen schon noch sehen, Herr Karol, ich lade sie zu meiner Vorstellung ein, um achtzehn Uhr. Fast hätte ich noch vergessen, meinen gedanken-schnellen Aufzug zu erwähnen, der ist in diesem letzten Koffer hier. Also Herr Karol, kommen Sie denn nun morgen zu meiner Zirkus-vorführung?"

Karol kam aus dem Staunen nicht mehr heraus, so eine Artistin hatte er noch nie gesehen und er sagte gerne zu, am nächsten Abend in die Vorstellung zu kommen.

Am nächsten Tag war seine eigene Verabredung mit einem berühmten Regisseur in den Freilichtstudios der Filmstadt.

Nach seiner Arbeit, pünktlich um achtzehn Uhr, ging er zum Hügel, auf dem die Hollywoodlettern weithin sichtbar waren.

Doch was er sah, ließ ihn aufs höchste erstaunen. Der ganze Hügel, ja die halbe Stadt, war von einem riesigen rot-und-gold-gestreiften Zirkuszelt bedeckt.

Als er das Zelt betrat, wurde er von zwölf Clowns umringt, die mit ihm ihre Späße machten. In der Mitte der Bühne stand Hazel Weinberg und über dem Bühnenrund war eine Tribüne, auf der riesige Musikinstrumente ganz ohne Musiker spielten: „Oh mein Papa war eine wunderbare Clown, oh mein Papa war eine große Künstler..."

Da gab es riesige allein spielende Trompeten, Posaunen, eine goldene Tuba, ja sogar Fanfaren ertönten, als die goldenen Athleten hereinkamen und ihre Kunststücke aufführten.

Am Schluss schufen die selbstmalenden Pinsel farbenfrohe Bilder mit den zauberhaftesten Märchenmotiven und die Zuschauer durften die Bilder anschließend mit nach Hause nehmen. Karol war überwältigt, und das Schicksal wollte es, dass er sich an diesem Abend entschloss, in Hazel Weinbergs Zirkus künftig aufzutreten: mit den Handpuppen dem Mikroskop und dem Teleskop und den Sternenwundern, so dass sie jeden Abend eine ausverkaufte Zirkusvorstellung miteinander gaben.

Eines Abends nach der Vorstellung, es war gegen Mitternacht, packte Hazel zum ersten Mal vor Karol ihren Koffer mit dem gedankenschnellen Aufzug aus.

Es war eine silberne Kapsel in die gerade zwei Personen hineinpassten. „Traust du dich mitzufahren, ich lade dich ein zu einer Reise durch den Weltraum aber du musst den Mut haben, auch in andere Galaxien außerhalb unserer Milchstraße zu reisen." Karol schaute neugierig.

„Wir fahren als erstes zum Sternbild Wassermann", sagte Hazel, denn der Wassermann kennt sich aus im Weltall und wir können ihn nach dem Weg fragen. „Gut, ich bin bereit", sagte Karol und die beiden kletterten vorsichtig in die silberne Kapsel des gedankenschnellen Aufzugs.

„Jetzt müssen wir nur noch sagen, wohin wir fahren wollen."

„Zum Sternbild Wassermann", kommandierte Hazel.

Ein Glockenklingeln ertönte und schon standen sie vor dem Wassermann.

„Guten Tag, Herr Wassermann", begrüßte Hazel den Sternenmann,

„hier ist mein Freund Karol, ich habe ihn einfach mitgebracht."

„Guten Tag, Hazel", sagte der Wassermann, „hocherfreut, Sie kennenzulernen, Herr Karol, wohin möchtet ihr heute reisen?"

„Heute möchten wir gern zur Porzellanstadt", erwiderte Hazel. „Auf welcher Galaxie müssen wir landen?"

„Wenn ihr zu dem Planeten mit der Porzellanstadt reisen wollt, dann müsst ihr bis zum Andromeda-Nebel reisen. Seht ihr das Licht dort links, das ist eure Orientierung. Beim Näherkommen wird es dann größer. Von hier aus sieht es nur aus wie ein kleiner Punkt."

„Danke, Herr Wassermann." Karol verneigte sich und die beiden stiegen wieder in ihre silberne Kapsel.

„Zum Andromeda-Nebel, bitte, und auf dem Planeten mit der Porzellanstadt landen", bat Hazel ihren gedankenschnellen Aufzug.

Wieder ertönte ein glockenhelles Klingeln.

Augenblicklich gab es einen Ruck und Hazel war mit Karol auf einem Planeten mitten im Andromeda-Nebel gelandet. Vorsichtig kletterten die beiden aus ihrer Kapsel.

Karol und Hazel kamen aus dem Staunen nicht mehr heraus und sie trauten ihren Ohren und Augen kaum. Alle Einwohner von Porzellanstadt waren aus allerfeinstem chinesischem hauchdünnem Porzellan. Die Häuser sahen aus wie wertvolle hohe Porzellanpagoden und sie drehten sich zu einer lieblichen Musik, jede Pagode erklang in einer eigenen Melodie. Die Einwohner falteten die Hände und verneigten sich vor den Ankömmlingen, höflich verneigten sich auch Karol und Hazel vor den Einwohnern.

Ein alter weißhaariger Herr mit einem langen dunkelblauen und sternen-bestickten Mantel kam ihnen nun entgegen. Sein gütiges Porzellangesicht strahlte mit einem geheimnisvollen Leuchten. Mit melodischer Stimme fragte er die zwei Weltallreisenden: „Guten Tag, sehr verehrte Dame, guten Tag sehr verehrter Herr, darf ich Sie fragen, woher Sie kommen?" Hazel antwortete: „Wir kommen aus der Milchstraße, vom Planeten Erde. Dort gibt es Meere, Bäume und Blumen, auch schöne Tiere und uns Menschen."

„Höchst erstaunlich! Darf ich fragen, woraus diese Menschen gemacht sind?" sprach der alte Herr.

„Wir sind aus Fleisch und Blut und haben im Inneren ein Knochenskelett."

„Wie kann das sein, ist das denn haltbar", sorgte sich der Alte.

„Eine kurze Lebenszeit lang ist es tatsächlich haltbar, höchstens allerdings so etwa hundert Jahre", fiel Karol ein.

„Höchst merkwürdig, so kurz also leben sie", sinnierte der Alte.

„Darf ich Sie nun in meine Pagode einladen." Und er nahm Hazel an die eine Hand und Karol an die andere.

Sie schritten gemeinsam an einer Porzellanwiese mit bunten Porzellanblumen vorbei, weiter an einem Porzellanteich mit weißen Porzellanschwänen, bis sie schließlich in eine der nach einer silbernen Musik sich stets drehenden Pagoden eintraten. "Wir leben hier in einer Spieluhrenwelt, müssen Sie wissen, die Dauer der Musik ist unser Maß für die Zeit, einmal am Porzellantag zieht unser Kaiser die Spieluhren mit seinem Porzellanschlüssel auf, und zwar immer dann, wenn die Musikpagoden stehengeblieben sind. Erst wird die Musik langsamer, unsere Pagoden drehen sich dann auch langsamer und wir sagen, wir werden wieder langsam."

„Unser Kaiser muss unsere Zeit immer wieder aufziehen, denn

einmal am Tag bleibt unsere Zeit stehen, die Pagoden stehen still, alles wird überall ganz leise, wenn die Musik verstummt, und unser Kaiser muss dem gütigen Glücksdrachen den Porzellanschlüssel abnehmen, den dieser bewacht. Mit dem Schlüssel muss er das Spielwerk unseres Planeten neu aufziehen. Dann ertönt bald wieder die Musik und die Pagoden drehen sich und alles bewegt sich."

„Aber nun treten Sie in meine bescheidene Pagode ein, ich stelle Sie beide meinen Mitbewohnern vor. Übrigens, mein Name ist Herr Schu, ich bin hier in der Stadt der Schriftführer, alles, was geschieht, schreibe ich hier in meine Porzellanrollen auf, sie sind endlos, also brauchen wir nie neue. Dies hier ist Herr Lu, er ist der kaiserliche Drachenführer , er kann alle Drachen unseres Planeten vor seinen Wagen spannen und dann können wir drei - Herr Fu ist auch dabei, Sie lernen ihn gleich kennen - durch die Sternenwelt, durch die Lüfte fahren. Hier ist übrigens Herr Fu, er bringt allen

Bewohnern Glück, sein Name bedeutet in unserer Sprache Glück. Wenn man Glück hat, sagt man bei uns, hat man Fu gehabt."

Hazel und Karol verneigten sich höflich vor Herrn Lu und vor Herrn Fu. Herr Lu trug einen langen orangeroten Kaftan mit goldenen Blüten darauf und Herr Fu trug einen gelben Mantel mit goldenen Borten.

„Oh, wie ergreifend, die Musik wird langsamer und unsere Pagoden drehen sich langsamer. Nun, da Sie bei uns sind, liebe Gäste, ist es höchste Zeit, unseren Kaiser aufzusuchen, denn bald steht die Zeit still und es bricht die neue Zeit an, wenn unser verehrter Kaiser die Spieluhren wieder neu aufzieht. Kommen sie mit, verehrte Fräulein Hazel und verehrter Herr Karol", schlug Herr Schu vor.

Die drei machten sich auf den Weg. Sie kamen an vielfarbigen Porzellanpagoden vorbei, eine jede hatte ein anderes Muster und eine je eigene Melodie.

Schließlich kamen sie an einen riesigen goldenen und silbernen Porzellanpalast. Sie traten ein und fanden im Inneren des Palastes den Kaiser, mit einer Heerschar von Porzellandienern, die ihm eine Tafel mit lauter Porzellantassen deckten, darin war der kaiserliche Porzellantee, von dem der Kaiser bedächtig nippte.

„Kaiserliche Hoheit, die Musik wird langsamer", begann Schu. „Die neue Zeit beginnt in wenigen Takten", entgegnete der Kaiser, „und ich, kaiserliche Hoheit, schaffe die Zeit neu." Er begann sich zu erheben und zu einem grüngoldenen Glücksdrachen zu schreiten, der in seinen Vordertatzen einen goldenen Porzellanschlüssel hielt. Die Musik verstummte, alles stand auf einmal still. Überall sahen die Figuren aus wie eingefroren, nur der Kaiser bewegte sich noch, und er waltete seines Amtes. Er nahm den Schüssel und zog in der Mitte des Raumes das Spielwerk auf. Sobald er es aufgezogen hatte, bewegte sich wieder alles und die Musik erklang neu.

Nun müssen wir an dieser Stelle noch berichten, dass der Kaiser selbst alterte und bereits sein Nachfolger in einer der Kammern des Palastes wartete. Der gütige Herr Schu fragte Karol und Hazel, ob sie den kaiserlichen Nachfolgerknaben besuchen wollten. Gleich waren die zwei Reisenden einverstanden. Herr Schu geleitete sie durch die allerherrlichsten Säle des Palastes, bis sie vor der goldenen Porzellantür einer Kammer standen. Vorsichtig öffnete Herr Schu die Tür, da scholl ihnen von drinnen ein vieltausendstimmiges wundervolles Singen entgegen, und sie sahen einen etwa vierjährigen gelockten Knaben in der Mitte der Kammer sitzen, umringt von tausend Nachtigallenkäfigen, in denen je eine Nachtigall ihr zart schmelzendes Lied sang. Der Knabe begrüßte die Neuankömmlinge mit strahlenden Augen.

„Kaiserliche Hoheit, wie geht es Ihnen?" fragte Hazel freundlich und stellte ihren Begleiter Karol vor.

Der glückliche junge Kaiser bedankte sich für den Besuch und begann nun seinerseits zu schwärmen.

„Liebe Freude, Sie müssen unbedingt den Herrn Lao-Tse kennenlernen, er wohnt ein paar Sternwolken entfernt von hier. Dort hinter dem violetten Nebel, den Sie vor sich sehen, wenn Sie aus dem Fenster schauen, dort lebt er. Herr Lao-Tse war vor langer, langer Zeit auf der Erde und ist dann in den Himmel aufgenommen worden. Er besucht mich oft, er kann erscheinen und steht, wenn er uns besucht, plötzlich leibhaftig vor mir. Er freut sich sicher wenn Sie ihn in seiner Behausung aufsuchen." „Das wollen wir gern tun", entgegnete Hazel und schon saßen die beiden Gäste wieder im gedankenschnellen Aufzug.

„Zu Herrn Lao-Tse, bitte", kommandierte Hazel. Es ertönte das vertraute Klingen und Karol landete mit Hazel vor einer bunt bemalten Hütte auf einem anderen Stern.

Scheu klopfte diesmal Karol an die Tür.

„Ei, ich bekomme Besuch, wie schön", ertönte es von innen.

Ein alter Herr mit einem großen Kopf und weißen Haaren öffnete ihnen. Sie standen vor dem berühmten sagenumwobenen Lao-Tse.

„Kommen sie doch in meine bescheidene Hütte, nehmen sie Platz und trinken wir eine Tasse Cha miteinander, ich habe so lange keine Menschen mehr gesehen."

Dann berichtete er den erstaunten Besuchern von seinem Leben auf der Erde und dass er dort den Daoismus gelehrt hat. „Ich habe immer gesagt, wenn du den Dao nennst, dann ist es nicht der wirkliche Dao, wenn du den Namen nennst dann ist es nicht der wirkliche Name, denn der Dao und der Name sind ein Geheimnis, sie sind die Tür zum Wunderbaren."

Dann berichtete Lao-Tse dass er eines Tages im hohen Alter aus seinem Heimatland China fliehen musste. Durch die Gnade der Götter wurde er auf seiner Flucht an der Grenze der Länder mit Leib und Seele in den Himmel aufgenommen.

„Seither lebe ich in meiner Hütte hier auf meinem Stern. Manchmal besuche ich den jugendlichen Kaisernachfolger, er ist mein Freund und wir sprechen gemeinsam über meine Götter des Dao und über den Schöpfer allen Seins, ihn müsst ihr suchen, das ist der Sinn unseres Daseins den größten Schöpfer kennenzulernen."

Lao-Tse empfahl seinen Gästen, während ihrer Reise auf jeden Fall Nofretete und Echnaton auf ihrem Stern Schwingenland zu besuchen, diese könnten vielleicht auf der Suche nach dem größten Schöpfer, den es gibt, weiterhelfen, denn mehr wisse sogar der geniale weise Lao-Tse nicht.

So verabschiedeten sich Hazel Weinberg und Karol vom Weisen Lao-Tse nach vielen angenehmen Stunden des Gesprächs miteinander.

Wieder bestiegen die zwei Sternenreisenden ihre silberne Kapsel des gedankenschnellen Aufzugs, und wieder war es Hazel die das Kommando gab. „Nach Schwingenland!"

Ein Klingen ertönte, und schon befanden sie sich im Inneren einer riesigen Pyramide auf der Galaxie Wega.

Die Pyramide war oben abgeflacht und man konnte von oben Stufen hinabklettern und befand sich so in einem pyramidenartigen Amphitheater. Alles war innen und außen mit reichtragenden Weinstöcken bepflanzt. In der Mitte stand ein Springbrunnen, der bis oben hin gefüllt war mit Schlagsahne, sogar aus der Fontaine quoll unentwegt

Schlagsahne. Auf den Pyramidenseiten standen zwei goldene Throne, auf denen saßen in goldenen Gewändern, die reichlich mit Türkisen, Lapislazuli und Karneolen bestickt waren, Nofretete und Echnaton, beide mit hohen Pharaonenkronen auf ihren Köpfen.

Nofretete entzückte die Ankömmlinge mit ihrer bezaubernden Schönheit. Ihr Name bedeutet „die Schöne ist gekommen". Echnaton hatte ein unendlich gütiges Gesicht, er deutete mit der Hand eine Einladung und bat Hazel und Karol näher zu treten. Der sprach:

„Wir sind Sternreisende vom Planeten Erde und möchten Sie gern fragen, lieber König Echnaton und liebe Königin Nofretete: „Wissen sie eigentlich, wer der größte Weltschöpfer der ganzen Existenz ist und wo wir ihn finden?"

„Hohe Reisende, zweifellos fragt ihr nach meinem Gott Aton, dem Sonnengott, ihm habe ich meinen

Sonnengesang gewidmet. Für uns ist die Sonne und das Licht Gott, die Sonne erhält alles am Leben und lässt die Pflanzen wachsen", sprach König Echnaton. „Unseren Gott könnt ihr gleich selbst sehen und befragen, Aton besucht uns jeden Morgen und unter seinem Sonnenlicht reifen täglich neue Weintrauben an den Reben hier überall, zudem speist er uns mit nie endender Schlagsahne", warf Nofretete ein.

„Wenn ihr Geduld habt, so verweilt doch ein wenig, wartet bis morgen früh und sprecht mit unserem Gott Aton, er hat strahlende Sonnenhände und er streichelt uns jeden Tag."

Hazel und Karol beschlossen, sich zu den zwei Pharaonen auf die Stufen der inneren Pyramide zu setzen und so den Rest der Nacht zu verbringen. Sie machten die Entdeckung, dass sowohl Echnaton als auch Nofretete an ihrem Rücken goldene Flügel hatten und in ihrer Pyramide umherschweben konnten.

Offensichtlich waren die beiden nach ihrem irdischen Tod Engel geworden.

Der Morgen nahte und das erste Licht wurde sichtbar. Am Horizont ging Aton auf. Echnaton und Nofretete erhoben sich, streckten die Arme zum Himmel und verneigten sich.

Auch Hazel und Karol erhoben sich, um mit Aton zu sprechen. Karol fragte den Gott: „Hoher Aton, weißt Du, wer der größte Weltschöpfer ist, wo wir ihn finden, wie man mit ihm sprechen kann und ob er einem antwortet?"

„Da müsst ihr lange suchen, er ist zwar überall, und allerorten ist sein Tempel, aber ob ihr ihn so findet, dass ihr ihn sehen könnt, und ob er euch antworten wird, das kann ich nicht sagen. Es gibt einen Weg: reist weiter durch die Sternenwelt, und merkt euch seinen Namen er heißt

ICH BIN DER ICH BIN."

Aton wandte sich nun Nofretete und Echnaton zu und streichelte die beiden mit seinen Strahlen.

Hazel und Karol hatten Geduld bis zum kommenden Abend. Echnaton lud seine Gäste zu Trauben mit Schlagsahne ein.

Dann kam die Nacht und es wurde kalt. Der Sonnengott Aton verschwand am Horizont, Nofretete und Echnaton froren nicht, denn sie waren ja Engel, aber für Karol und Hazel, die aus Fleisch und Blut waren, sahen die Dinge anders aus, sie zitterten am ganzen Leib und spürten die Weltallkälte.

„Lass uns weiterreisen" bat Karol und Hazel nickte. Sie verabschiedeten sich von ihren Gastgebern und nahmen mit dem gedankenschnellen Aufzug Kurs auf den Planeten, der ebenfalls in der Wega-Galaxie zu finden war, den sogenannten Goldplaneten auf dem noch das Goldene Zeitalter herrschte.

Das vertraute Klingen erscholl und die zwei Reisenden landeten im Goldenen Zeitalter in Goldstadt.

Sie stiegen aus ihrer silbernen Kapsel und Karol blieb der Mund offen stehen vor Staunen. Auch Hazel machte große Augen. Auf dem Planeten schien alles aus Gold zu sein.

Die Häuser waren aus purem Gold, auf den Dächern lagen überall in allen Regenbogenfarben glitzernde Brillanten. Köstlicher Wein floss in den Flüssen, Bächen und Seen.

Die Blumen waren aus Marzipan und die Bäume trugen das ganze Jahr über Pfirsiche und Aprikosen, in den Gärten wuchsen riesige süße Erdbeeren. Alle Menschen waren golden gekleidet und überreich mit Brillanten geschmückt. Liebliche Vögel zwitscherten in der Luft und zarte Lämmer weideten auf saftigen Wiesen.

Den Ankömmlingen kam ein überirdisch schönes etwa vierzehnjähriges Mädchen entgegen, das sie sofort nach ihren Wünschen fragte: „Was möchte die verehrte Dame und der fremde Herr, kommen sie vielleicht auch zu unserer Dankprozession, bei uns wird jeden Tag dem Höchsten gedankt für all unser Glück, auf der Erde waren wir einst das sagenumwobene Atlantis, jetzt sind wir alle Engel. Dass wir damals nicht gedankt haben, war unser Untergang, unsere Insel ist in einer einzigen Nacht versunken."

„Hört ihr denn den Höchsten auch mit euch sprechen" fragte Karol neugierig das schöne Mädchen.

„Manche sehen sein Licht und wir fühlen seine Wärme, aber wenn ihr ihn hören wollt, dann müsst ihr sicher weiterreisen, vielleicht wissen die Feen und Elfen im Rosenland mehr. Dort oben seht ihr die rosenrote Sternenwolke kurz vor der kleinen Magellanschen Wolke. Vielleicht geben euch die Rosenfeen Auskunft, vielleicht wissen sie mehr als wir."

Wieder begaben sich Hazel und Karol auf die große Reise. Hazel dachte intensiv an die Wolke vor der kleinen Magellanschen Wolke und schon saßen sie in ihrer silbernen Kapsel. Es ertönte das vertraute Klingen, Karol kletterte als erster aus ihrem Reisegefährt, Hazel folgte ihm.

Das erste, das sie wahrnahmen, war ein angenehmer Duft von vielen Rosen, die überall blühten. Sie waren so riesig wie Schlösser und Paläste, in blaugrünen Seen blühten tausende Seerosen, in einer jeden wohnte eine liebliche Elfe mit zarten durchsichtigen Flügeln. Wassernixen saßen an den Ufern und spielten Harfe, in den Rosenschlössern, von denen das ganze Land besiedelt war, tanzten im Reigen viele Rosenfeen in Rosenkleidern miteinander, bis plötzlich der Tanz unterbrochen und die Neuankömmlinge angestarrt wurden. Eine zauberhaft schöne Fee trat ihnen entgegen und fragte sie mit melodischer Stimme: „Fremdlinge, ihr seid nicht von hier, was ist euer Begehr?"

„Schöne, holde Rosenfee", begann Hazel, „wir sind weit gereist und kommen aus der Milchstraße vom Planeten Erde. Wir wollten euch fragen, wie es möglich ist, den allerhöchsten Schöpfergott, den es gibt, zu sehen und zu hören?" Die Rosenfee dachte kurz nach und sagte dann: „Liebe Fremdlinge, vielleicht kann euch unsere Rosenkönigin Auskunft geben. Dann bitten wir euch aber auch, ihr zu helfen. Unsere Rosenkönigin ist Jahrtausende alt und verjüngt sich jedes Mal, wenn ihr ein neuer Mensch oder eine neue Fee eine frisch gepflückte duftende Rose überreicht. Wollt ihr ihr helfen? Dann wird sie euch auch eine Auskunft geben."

Karol und Hazel bejahten gleich und begaben sich in die Gärten, um eine frische Rose zu pflücken. Dann begleiteten sie die schöne Rosenfee zum rosenumrankten Schloss.

Sie traten ein und es erklangen überirdisch schöne Silbertöne, hundert Elfen spielten ein wundervolles Triangelkonzert. Karol und Hazel lauschten andächtig. Auf einem großen Rosenthron saß die Rosenkönigin, sie hatte lange weiße Haare. Sie wirkte alt und hatte tausend Fältchen im Gesicht, aber dieses Gesicht leuchtete wie die Sonne. Sie sang leise: „Singt ein Loblied eurem Meister, preist IHN laut ihr Himmelsgeister. Was ER schuf, was ER gebaut, preist IHN laut." Dann wandte sie sich den Ankömmlingen zu: „Was ist euer Begehr?" Karol trat vor und überreichte ihr eine frische Rose. Augenblicklich verwandelte sich das Gesicht der Rosenkönigin in das junge Antlitz eines zwölfjährigen Mädchens, und sie hatte auf einmal die Zartheit und die Figur eines Kindes.

„Ich danke euch für eure Hilfe", sprach die Königin mit zarter Stimme. „Darf ich euch bitten, mir euer Anliegen vorzutragen?" Hazel begann: „Wir kommen vom Planeten Erde und suchen den größten Schöpfergott, den es gibt, sein Name ist ICH BIN DER ICH BIN, wo können wir ihn finden?" Die Rosenkönigin sprach: „ER ist unser Meister, der uns schuf, wir erfahren Gott in der Schönheit der Blumen und in dem unvergleichlichen Rosenduft, der uns umgibt. Wenn ihr ihn aber finden wollt, so reist weiter zu dem Musikplaneten, der ist bewohnt von Johann Sebastian Bach, Wolfgang Amadeus Mozart, und Franz Schubert. Allerdings müsst ihr dann direkt in die kleine Magellansche Wolke hineinreisen. Mehr kann ich euch nicht helfen, aber wenn ihr das Abenteuer auf euch nehmt, so möge es euch Glück bringen."

Hazel sah Karol aufmunternd an: „Also wagen wir es. Auf zu Bach, Mozart und Schubert!" Sie verabschiedeten sich von der Rosenkönigin und vom Rosenschloss und begaben sich auf den Weg zu ihrem gedankenschnellen Aufzug. Dort angekommen kletterten die beiden Weltraumreisenden in ihre silberne Reisekapsel.

„Zum Musikplaneten, in der kleinen Magellanschen Wolke, bitte", bat Hazel, und schon waren sie angekommen. Sie befanden sich auf einmal auf einem kleinen Planeten inmitten eines Waldes. In der Ferne sahen sie drei Burgen und beschlossen, gleich auf sie hin zu steuern.

In der Luft schwebte überall ein feiner Klang, wie himmlische Musik. „Vielleicht sind wir bei den ewigen Musici gelandet", sagte Karol. „Sehen wir uns bei den Burgbewohnern um."

Nach eines kurzen Stückes Weg betraten sie die erste der Burgen, sie gelangten in den Burghof und sahen dort einen lockigen Herrn an einem Cembalo sitzen, der mit einer Feder in der Hand seine Kompositionen notierte.

„Das muss Johann Sebastian Bach sein", sagte Karol, der sich auskannte in der Zeit der Komponisten.

„Guten Tag, Herr Bach", grüßte Hazel, „wir kommen von der Erde und möchten sie gern besuchen."

„Oh, Verehrer, die es auf sich genommen haben, die weite Reise zu mir zu machen", freute sich Johann Sebastian Bach

„Wir schätzen uns glücklich, Sie hier anzutreffen", begann Karol", gern habe ich auf der Erde ihre Stücke gehört, ihre Fugen und erst das Weihnachtsoratorium!"

„Möchten Sie es denn hören, liebe Gäste", fragte Bach. „Dann singen es für Sie die Chöre der ewigen Musici." Und Bach erhob sich zum Dirigieren. Überall in den Lüften der Burg begann das Weihnachtsoratorium: „Jauchzet, frohlocket und preiset die Tage", sang der Chor zu der allerschönsten Musik die Karol und Hazel je vernommen hatten. Lange hörten die beiden Gäste voller Begeisterung dem Weihnachtsoratorium zu. Als die Musik geendet hatte, applaudierten Hazel und Karol, und Bach verneigte sich.

„Was war denn eigentlich der Anlass für Ihre Sternenreise", erkundigte sich neugierig der Komponist. Hazel erklärte ihm, sie seien auf dem Weg der großen Suche nach dem höchsten Gott, ihn zu finden, zu sehen und zu hören sei ihr Ziel. Sein Name sei ICH BIN DER ICH BIN.

„Das ist der Gott Jahwe", sagte Bach, „er inspiriert uns Musiker mit seiner ewigen Musik, er ist der Schöpfer aller Dinge, er hat die unendlichen Weltalle erschaffen, in ihm nimmt die ganze Schöpfung ihren Anfang."

„Es ist unser sehnlichster Wunsch ihn zu finden" sprach Karol und Hazel nickte beipflichtend.

„Ich rate ihnen, noch die zwei anderen Komponisten aufzusuchen, Mozart und Schubert kennen auch den höchsten Gott Jahwe. Sie werden sich sicher über ihren werten Besuch freuen, liebe Erdenbewohner", entgegnete Bach. „ Darf ich Sie für heute verabschieden, ich muss weiter komponieren, ich habe noch so viele Werke in mir, dass ich mit dem Komponieren kaum nachkomme." Sprach es und wandte sich wieder seinem Cembalo zu.

Leise schlichen Karol und Hazel aus dem Burgtor. Nach einer längeren Wegstecke durch den Wald, vorbei an Blumen, Sträuchern und murmelnden Bächen, kamen sie an der zweiten Burg an und traten durch das Burgtor. Inmitten des Burghofs stand Wolfgang Amadeus Mozart und dirigierte eine unsterbliche Musik. Ta, tata tatatata, ta tata tatatatata... Die kleine Nachtmusik erscholl. Als er und das Orchester der ewigen Musici geendet hatten, applaudierten Karol und Hazel begeistert. „Ei wie fein, ich habe Gäste, kommen sie doch näher, trinken wir ein Glas Wein zusammen", rief Mozart.

Hazel und Karol verbrachten so den ganzen Tag bei Mozart bei Wein und Plaudereien. Sie kamen auf ihr Anliegen zu sprechen, wo denn der Gott Jahwe zu finden sei.

„Also, meine Musik kommt direkt vom Himmel, ich erfahre Gott in der Musik", schwärmte Mozart, „aber ich höre nicht Jahwe selbst sprechen, vielleicht kann Ihnen da Schubert weiterhelfen. Fragen Sie ihn, er wohnt nicht weit von hier."

Auf dem Musikplaneten war inzwischen Abend geworden, und so verabschiedeten sich Hazel und Karol von Mozart.

Schließlich begaben sie sich zu der dritten Burg. Als sie eintraten, leuchtete ein Kerzenschein im Burghof, und am Klavier saß mit einer Brille auf der Nase Franz Schubert. Er sprang sofort eilfertig auf, als die Gäste eintraten, und bot eine Tasse warmen Tee an. Auch hier fragten Hazel und Karol nach Jahwe. Schuberts Antwort rührte sie an. „Ich bete ihn an, das ist alles was ich kann, ich bin nur ein kleiner Mensch und Gott dankbar, dass ich komponieren kann, er ist so unendlich groß", bekannte Franz Schubert und dann erhob er sich und dirigierte und die ewigen Musici sangen das „Heilig, heilig, heilig, heilig ist der Herr."

„Wenn Sie weitersuchen wollen, so rate ich Ihnen, fragen Sie doch die Philosophen, die haben lange nachgedacht und sind still und lauschen in sich, vielleicht erfahren Sie dort mehr", riet Franz Schubert den Reisenden zum Schluss. Da verabschiedeten sich Hazel und Karol und kletterten wieder in ihre Reisekapsel hinein.

„Auf zu den Philosophen!", sagte die unermüdliche Hazel zu Karol und schon hörten sie wieder das Klingen des gedankenschnellen Aufzugs.

Sie landeten sanft inmitten der kleinen Magellanschen Wolke. Mit einem kurzen „Plop" trafen sie auf einem sehr kleinen Planeten auf. Zuerst kletterte Karol aus der Reisekapsel, dann Hazel. Sie sahen sich um und erblickten auf zwei kleinen Anhöhen zwei unterschiedlich aussehende griechische Tempel, der erste hatte acht Säulen, der zweite zehn, neugierig gingen sie auf den achtsäuligen Tempel zu und traten ein. Da sahen sie inmitten des Tempels den berühmten Philosophen Pythagoras – sein Name war auf der Tempelwand eingraviert – in einer Badewanne sitzen und vor sich hin singen. Er erschrak, als er die fremden Gäste eintreten sah, und kletterte rasch aus der Wanne. „Verzeihen Sie, verehrte Gäste, Baden ist nämlich meine Lieblingsbeschäftigung, Noch lieber spiele ich allerdings auf meinem Monochord", rief er ihnen entgegen. „Verzeihung sehr geliebter und hochverehrter Herr Pythagoras", entgegnete Karol, „wir kommen von der Erde aus der Milchstraße und sind Reisende zu Jahwe, den wir suchen."

Hazel verneigte sich ein wenig vor dem großen Philosophen. „Da kann ich nur meinen Beitrag leisten, Alles im All schwingt in harmonischen Schwingungen, alle Materie, sogar, das Licht. Wenn Sie, liebe Gäste, einen Gnadenmoment erleben wollen, dann wünschen Sie sich das

All singen und schwingen zu hören, aber was die Gotteserkenntnis anbetrifft, so kann ich sie nur an meinen Nachbarn, den Adeligen Plato verweisen, er wohnt auf dem anderen Hügel, nicht weit von hier." So sprach Pythagoras und kletterte wieder selig in seine Badewanne, um erneut zu singen. Dann unterbrach er sich noch einmal und rief: „Übrigens bin ich Mathematiker und habe entdeckt, dass im rechtwinkligen Dreieck das Quadrat über der Hypotenuse gleich den Quadraten über den beiden Kathetenschenkeln ist." „Ja, dafür sind Sie ja bekannt, hoher Herr Pythagoras", rief Hazel, „wir danken Ihnen für die Zeit, die sie uns geschenkt haben, nun wollen wir Herrn Plato, ihren Nachbarn, besuchen." Hazel und Karol winkten Pythagoras zum Abschied zu und begaben sich auf den Weg zum zweiten Tempel.

Hier fanden sie Plato inmitten seines Hauses zu Tische liegend, auf einem dunkelroten Seidenkissen, mit einer Tafel voller Pfirsiche, Trauben, Mandarinen und Äpfeln.

„Oh, Gäste, die zu meinem Gastmahl kommen", rief der schöne Adelige Plato ihnen zu. „Nehmen Sie doch Platz und verweilen Sie und essen sie ein wenig mit mir", lud er sie ein.

„Wir sind gekommen, Sie zu besuchen, und wir haben eine Frage, die uns während unserer ganzen Reise sehr beschäftigt", begann Karol.

„Nun, wenn ich ihnen weiterhelfen kann, will ich gern antworten", erwiderte Plato.

„Uns beschäftigt die Frage, wer der Allerhöchste Gott des Weltalls wohl sein könnte und wo wir ihn finden können", sprach Karol. „Da, will ich Ihnen gern weiterhelfen", antwortete Plato", zu meinen Erdenzeiten habe ich ein Buch geschrieben, ich nannte es Timaios , in diesem Dialogbuch berichte ich davon, dass ich den allerhöchste Gott und Schöpfer des Weltalls VATER nenne. Seitdem ich auf der Erde gestorben bin und nun im Himmel lebe, weiß ich, dass es hier in der kleinen Magellanschen

Wolke Engelswelten und Himmelswelten gibt, die man sehen und hören kann. Verehrte Gäste, reisen Sie immer weiter in diese Sternenwolke hinein und sie werden die Engelswelten finden, es sind Welten ganz aus Licht", erklärte Plato und verabschiedete sich von Hazel und Karol, indem er sich wieder seinen saftigen süßen Pfirsichen zuwandte.

„Lass uns weiter suchen", sagte Karol, und die beiden entschlossen sich weiter zu reisen. Sie kletterten schnell in ihre silberne Kapsel und Hazel rief: „Zu den Engelswelten aus Licht!" Es ertönte das vertraute Klingen. Hazel und Karol reckten die Köpfe aus der Kapsel. Da sahen sie Millionen riesige Engel mit Geigen, Flöten und Harfen singen und spielen und es ertönte ein vielstimmiger himmlischer Gesang. "Wir beten dich an Gott Allmächtiger Vater, Herr und Gott, König des Weltalls", sangen und riefen die Engelschöre.

Dann ertönte ein unaufhörliches „HEILIG; HEILIG; HEILIG ist der HERR ALLER MÄCHTE UND GEWALTEN, erfüllt sind Himmel und Erde von SEINER HERRLICHKEIT; Hosanna, Hosanna in der Höhe."

Unaufhörlich sangen die Engel und die himmlischen Heerscharen. Auf einmal sahen Hazel und Karol, wie das ganze Weltall und unendlich viele Weltalle ein einziges Gewand waren mit Milliarden Galaxien und unendlich vielen Sonnen und Sternen, ein Gewand von Gottvater Jahwe, und sie sahen SEIN GESICHT über allem thronen . „Mein Karol", sagte eine zärtliche Stimme, der Himmlische Vater hatte gesprochen, „mein Karol, komm zu mir!"

Es ertönten die Weltalle, es läuteten die Sonnen, es sangen die Galaxien, die Milchstraße jubelte, das Licht erklang in allen Regenbogenfarben, die Moleküle wirbelten, die Atome tanzten, die Quarks klangen und die ganze Erde sang "Ehre sei Gott in der Höhe!" Da wachte Karol auf und sah, dass er alles geträumt hatte, es war ein kosmischer Traum gewesen und er war Papst geworden, Papst im weißen Gewand. Er lag im Sterben und vor ihm stand Jesus Christus in einem weißen strahlenden Gewand, das viel schöner als die Sonne leuchtete, und neben ihm seine Mutter, die gütige Muttergottes Maria, die schönste, reinste und strahlende Frau, die Karol je gesehen hatte. „Wir waren immer mit dir und immer um dich und wir haben dich überallhin begleitet, das ist wahr", sagte Jesus unendlich zärtlich zu Karol. „Das ewige Leben hat kein Ende." Jesus und Maria streichelten ihn sanft, sie trugen ihn in ihren Armen auf Jahwes Feuerwagen in den Himmel. Da hörte er wieder die ganze Erde klingen und das Weltall mit den Engeln singen: „Ehre sei Gott in der Höhe."

Karol Wojtyla starb als Papst und wurde kurz darauf heiliggesprochen.

„Karols unendliche Reise" ist das siebte Buch von Anne Höver. Bei BoD sind von ihr noch erhältlich die Gedichtbände: „Da singt die Sonne", „Davids Lied" „Mein Kirschherz voller Süße", „Sternenlieder" und „Oktaederlöwe".